# DES CHENILLES
## EFFRAYANTES MAIS INTÉRESSANTES

Tracy Nelson Maurer

**Un livre de la collection**
**Les jeunes plantes de Crabtree**

Crabtree Publishing
crabtreebooks.com

# TABLE DES MATIÈRES

# DES BESTIOLES RAMPANTES INCROYABLES

Comme tous les insectes, le corps des chenilles comporte trois sections et six vraies pattes. Les autres pattes sont appelées « fausses pattes ».

*fausse patte*
***Les fausses pattes sont fixées à l'abdomen.***

*abdomen*
***L'abdomen comprend dix segments.***

**chenille du sphinx de la Caroline**

tête
La première section du corps de la chenille.
thorax
Le thorax comprend trois segments.
vraie patte
Les vraies pattes sont fixées au thorax.

Les chenilles n'ont pas de poumons. Elles respirent par des trous dans leur peau.

**chenille d'eacles imperialis**

*Les trous d'air longent le corps des chenilles.*

# UNE APPARENCE TROMPEUSE

Les chenilles peuvent être petites, énormes, douces, poilues, épineuses ou visqueuses.

**chenille du saturniidé**

## EFFRAYANT OU INTÉRESSANT?

L'inoffensive chenille cornue du noyer peut atteindre une longueur de 6 pouces (15 centimètres). C'est l'une des plus grosses chenilles au monde.

Les oiseaux, les souris, les araignées et d'autres insectes mangent des chenilles. Les chenilles utilisent souvent leur apparence pour éviter de devenir un repas.

*La chenille du grand porte-queue évite d'être mangée en ressemblant à une crotte d'oiseau!*

*De faux yeux sur la chenille du papilio troilus effraie les prédateurs.*

De nombreuses chenilles utilisent le camouflage pour se cacher des **prédateurs**. D'autres utilisent des couleurs vives pour avertir les prédateurs de ne pas les approcher.

*Les chenilles géométridés ressemblent à une partie d'une plante.*

*La chenille du monarque est venimeuse. Les rayures signifient « n'approche pas ».*

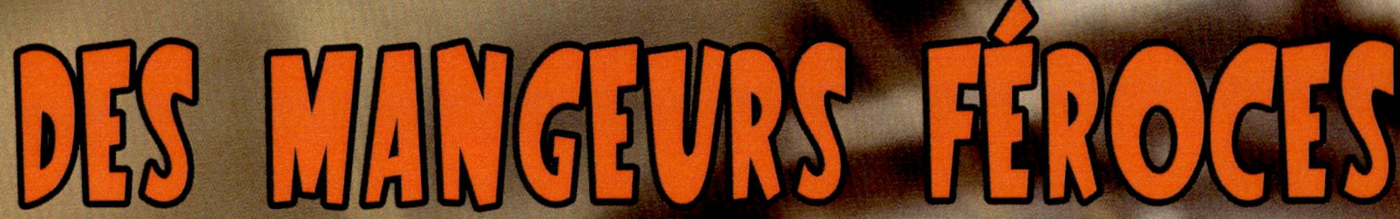

# DES MANGEURS FÉROCES

Les chenilles vivent pour manger! La plupart des chenilles mangent des plantes. Leurs puissantes mâchoires coupent comme des ciseaux.

## EFFRAYANT OU INTÉRESSANT?

Certaines chenilles sont carnivores. Elles mangent des araignées, des insectes ou des œufs d'insectes.

# LE CYCLE DE VIE

Les chenilles pondent leurs œufs sur leurs plantes préférées. Les œufs ressemblent souvent à de toutes petites perles ou bulles dures.

***Les chenilles de monarque éclosent de leur œuf puis mangent les coquilles.***

ancien exosquelette

Après leur éclosion, les chenilles **muent** à mesure qu'elles grandissent. Elles se tortillent pour sortir de leur **exosquelette** environ cinq fois au cours de leur vie.

Une fois adultes, les chenilles commencent le stade **nymphal** de leur cycle de vie.

*Ces chenilles de monarque sont au stade nymphal de leur cycle de vie.*

Au stade nymphal, les chenilles de papillons forment une **chrysalide** et les chenilles de papillons de nuit tissent un **cocon** de soie.

**chrysalide de papillon**

**cocon de papillon de nuit**

# QU'AS-TU APPRIS?

Réponds à chaque question. Trouve une phrase dans le livre qui appuie ta réponse.

1. Les chenilles sont des insectes parce que
   a. elles ont six vraies pattes.
   b. leur corps a plusieurs sections.
   c. elles peuvent être de plusieurs couleurs.

2. Les chenilles éclosent d'œufs.
   Vrai Faux

3. Laquelle de ces phrases n'est pas vraie?
   a. Les chenilles respirent par des trous dans leur peau.
   b. Les chenilles muent une fois en grandissant.
   c. De nombreuses chenilles utilisent le camouflage pour se cacher des prédateurs.

Réponses : 1. a 2. Vrai 3. b

## GLOSSAIRE

**chrysalide** (cri-za-lid) : La coque protectrice dans laquelle une nymphe de papillon se transforme en adulte

**cocon** (ko-kon) : L'enveloppe protectrice filée dans laquelle les chenilles de papillon de nuit se transforment en adultes

**exosquelette** (èxo-ske-lèt) : Structure externe dure qui soutient le corps des animaux invertébrés

**muent** (mu) : Changer de peau ou de couche externe afin que l'animal puisse grandir

**nymphal** (nin-fal) : Le stade de croissance entre la chenille et le papillon qui se produit dans une coque dure

**prédateurs** (pré-da-teur) : Des animaux qui chassent et mangent d'autres animaux

## INDEX

## Soutien de l'école à la maison pour les parents, les gardiens et les enseignants

Ce livre aide les enfants à se développer grâce à la pratique de la lecture. Voici quelques exemples de questions pour aider le lecteur ou la lectrice à développer ses capacités de compréhension. Les suggestions de réponses sont indiquées en rouge.

### Avant la lecture

- **De quoi ce livre parle-t-il?** *Je pense que ce livre parle de chenilles intéressantes. Je pense que ce livre explique comment les chenilles se transforment en papillons.*
- **Qu'est-ce que je veux apprendre sur ce sujet?** *Je veux savoir comment les chenilles se déplacent. Je veux savoir ce que les chenilles mangent.*

### Pendant la lecture

- **Je me demande pourquoi...** *Je me demande pourquoi les chenilles se transforment en papillons. Je me demande pourquoi certaines chenilles sont si belles.*
- **Qu'est-ce que j'ai appris jusqu'à présent?** *J'ai appris que certaines chenilles sont carnivores et mangent des araignées, des insectes et des œufs d'insectes. J'ai appris que la plupart des chenilles mangent des plantes.*

### Après la lecture

- **Nomme quelques détails que tu as retenus.** *J'ai appris que les chenilles n'ont pas de poumons : elles respirent par des trous dans leur peau. J'ai appris que certaines chenilles se transforment en papillons et d'autres se transforment en papillons de nuit.*
- **Lis le livre à nouveau et cherche les mots du glossaire.** *Je vois le mot **nymphal** à la page 18 et le mot **chrysalide** à la page 19. Les autres mots du glossaire se trouvent à la page 23.*

---


# Crabtree Publishing

crabtreebooks.com 800-387-7650

Version imprimée du livre produite conjointement avec Blue Door Education en 2021.





Auteur : Tracy Nelson Maurer
Traduction : Annie Evearts

| | |
|---|---|
| Paperback | 978-1-0396-0836-8 |
| Ebook (pdf) | 978-1-0396-0848-1 |
| Epub | 978-1-0396-0860-3 |
| Read-along | 978-1-0398-0338-1 |
| Audio book | 978-1-0396-6669-6 |

Imprimé au Canada/032024/CPC20240301

**Publié au Canada par Crabtree Publishing**
616 Welland Avenue
St. Catharines, Ontario
L2M 5V6

**Publié aux États-Unis par Crabtree Publishing**
347 Fifth Avenue
Suite 1402-145
New York, NY 10016

Références photographiques : www.shutterstock.com - www.istock.com. Couverture © Alex_187 – p. 2-3 istock.com/GlobalP. p. 4-5 © Palo_ok. p. 6-7 © Matt Jeppson. P. 8-9 © Dr. Morley Read. p. 9 (lettrage pour Effrayant mais intéressant) © Matt Jeppson. p. 10 (photo du haut) © Tyler Fox, (photo du bas) © Dean Evangelista. p. 11 (photo du haut) © Tyler Fox, (photo du bas) © James Laurie. p. 12, 13 © KratochvilP. p. 14-15 © Henrik Larsson (photo en médaillon) © Cathy Keifer. p. 16-17 © Johan Larson. p. 18 © Cathy Keifer, p. 19 (haut) © PhotonCatcher, (bas) © Eric. Isselee. p. 20-21 © Laurie Barr

**Catalogage avant publication de Bibliothèque et Archives Canada**
Titre: Des chenilles / Tracy Nelson Maurer ; texte français d'Annie Evearts.
Autres titres: Caterpillars. Français.
Noms: Maurer, Tracy Nelson, auteur.
Description: Mention de collection: Effrayantes mais intéressantes | Les jeunes plantes de Crabtree | Traduction de : Caterpillars. | Comprend un index.
Identifiants: Canadiana (livre imprimé) 2021028580X | Canadiana (livre numérique) 20210285826 | ISBN 9781039608368 (couverture souple) | ISBN 9781039608481 (HTML) | ISBN 9781039608603 (EPUB)
Vedettes-matière: RVM: Chenilles—Ouvrages pour la jeunesse. | RVMGF: Documents pour la jeunesse.
Classification: LCC QL544.2 .M3814 2022 | CDD j595.7813/92—dc23